GISELDA LAPORTA NICOLELIS

A força da vida

3ª EDIÇÃO

ILUSTRAÇÕES DE
JEAN-CLAUDE ALPHEN

1ª edição 1986
2ª edição 2002

COORDENAÇÃO EDITORIAL	Maristela Petrili de Almeida Leite
EDIÇÃO DE TEXTO	Marília Mendes
COORDENAÇÃO DE EDIÇÃO DE ARTE	Camila Fiorenza
DIAGRAMAÇÃO	Isabela Jordani
ILUSTRAÇÕES DE CAPA E MIOLO	Jean-Claude Alphen
COORDENAÇÃO DE REVISÃO	Elaine Cristina del Nero
REVISÃO	Nair Hitomi Kayo
COORDENAÇÃO DE *BUREAU*	Rubens M. Rodrigues
PRÉ-IMPRESSÃO	Everton Luis de Oliveira
COORDENAÇÃO DE PRODUÇÃO INDUSTRIAL	Andrea Quintas dos Santos
IMPRESSÃO E ACABAMENTO	EGB Editora Gráfica Bernardi Ltda
LOTE	784421
COD	12106072

Dados Internacionais de Catalogação na Publicação (CIP)
(Câmara Brasileira do Livro, SP, Brasil)

Nicolelis, Giselda Laporta
A força da vida / Giselda Laporta Nicolelis; ilustrações Jean Claude R. Alphen. – 3. ed. – São Paulo : Moderna, 2017.

ISBN 978-85-16-10607-2

1. Literatura infantojuvenil I. Alphen, Jean Claude R. II. Título.

16-00064 CDD-028.5

Índices para catálogo sistemático:

1. Literatura infantojuvenil 028.5
2. Literatura juvenil 028.5

EDITORA MODERNA LTDA.
Rua Padre Adelino, 758 - Belenzinho
São Paulo - SP - Brasil - CEP 03303-904
Vendas e Atendimento: Tel. (11) 2790-1300
www.modernaliteratura.com.br
2023

Para Xexa:

minha filha e minha amiga.

"Não se nasce mulher: torna-se."
Simone de Beauvoir

Sumário

1. A realidade

Acorda assustada, perdendo a hora, tão tarde, Deus! Tudo por fazer: os filhos esperando para tomar café, o pequeno ainda mamava no peito. Depois, enfrentar a maldita condução para chegar às casas onde trabalha, lá do outro lado da cidade. Sempre a mesma luta, será que a vida não melhora nunca?

Levanta, estremunhando. A criançada à sua volta acorda também: seis filhos, um batalhão para dar de comer, vestir, manter limpo, asseado. Tem mãe que nem liga, é filho ranhento, cabelo sujo, que nunca vê pente. Com ela, não. Pobreza nunca foi sinônimo de sujeira, repete, pois não é faxineira das madames mais finas da zona sul?

– Mania de grandeza, tem Zefa – dizem as vizinhas de barraco, na favela pendurada atrás dos muros da escola estadual.

Muitas vivem na porta a conversar da vida alheia, enquanto os filhos fuçam o lixo e se escafedem enquanto as mães berram: "Larga disso, menino!".

Zefa é diferente, mas nem tanto. Outras como ela, ali da favela, saem bem cedo para pegar o batente. São os "homens da casa", porque os homens escasseiam por ali, tem muita mulher dirigindo família, sustentando a si e aos filhos. "Os homens tão ficando engraçado", pensa Zefa. Agora que as mulheres começaram a trabalhar no pesado, ganhando no fim do mês, alguns até encostam o corpo, ficam só de aporrinhação no bar da esquina, bebendo pinga e esquecendo os deveres. Fora os que somem do mapa – como o homem dela, que nunca mais deu as caras ali na favela, deixando-a com os seis filhos que ele também pôs no mundo. E ela que se vire!

Coa o café bem fraco. Que loucura o preço do café! Só para dar um gostinho no leite que ela ainda mistura com água para render mais um pouco. Eta vida miserenta, a de pobre!

A criançada, em volta, chorando, atrapalhando:

– Mãe, tô com fome!

Sempre a mesma ladainha, pobre tá sempre com fome, pudera, tão mal alimentado.

– Cê pensa demais, Zefa – dizem as vizinhas, rindo.

Zefa pensa demais, mesmo. E repara que, ali, naquela favela, quase ninguém tem dente. Alguns só conservam os da frente para aquele sorriso tapeia-compadre, quer dizer, parece que tem dente. Outros não têm nem os dentes da frente – o tal sorriso espirra-farofa, como diz o pessoal. Pobre acha jeito de fazer graça até com a própria miséria, pô! Será que se conforma com a pobreza?

Põe a mesa com as xícaras que ainda sobram, já desbeiçadas, porque quem lava a louça é Edileusa, a filha mais velha, tão pequena ainda que mal alcança a pia do barraco. Dez anos e já cuidando dos irmãos, enquanto a mãe trabalha. Pode reclamar não. A menina faz milagre. Sempre acontece das suas, né? O dia em que botou água fervendo na bacia e colocou a irmã dentro, queimou toda ela. A menina aos gritos, tempo só de correr para o pronto-socorro.

O menor agarrado à sua saia, enquanto ela põe a mesa, pega ele no colo, chama Edileusa:

— Acaba isso pra mim, filha, dá comida pros teus irmãos.

Senta, o moleque no colo, abre a blusa, o peito magro espirra de dentro, o moleque colhe aflito aquele bico que ele suga feliz no colo da mãe. Ela anda magra, se alimenta mal, nessas andanças de lá pra cá, tomando ônibus cheio, passando vexame, sempre tem um sem-vergonha para se aproveitar da situação.

Quando está ali, viajando durante horas, em pé, lembra dos filhos, dos seis, lá no

barraco, por conta de Edileusa, que já sabe fazer arroz, feijão, fritar uma batatinha, carne... "Quando a gente vai ter carne, mãe?", perguntam com os olhos arregalados de vontade. A culpa é da televisão. Antes de ir embora, o marido ainda comprou uma, de segunda mão, e a criançada fica assim, de olho vidrado, enxergando aquelas coisas boas que aparecem nas propagandas, outros meninos botando guloseimas na boca, eles ali quase sem nada. Como é que vai explicar pros filhos que uns têm e outros não têm comida que chegue? Dá um aperto no peito, um sufoco.

— Quero morango, manhê!

Catou os últimos trocos, saiu procurando morango. Começo de safra, e a maldita da televisão mostrando morango de tudo que era jeito: sorvete, com creme de leite por cima, iogurte... Contou os trocados: nem que fosse para comprar dois, três morangos, só pro filho matar a vontade. Os olhos arregalados, imaginando o gosto, a testa até quente. A vizinha avisou:

— Fica doente de lombriga, Zefa, arruma os morangos...

Virou o bairro, cadê morango? Não tinha nem para remédio. Então tomou o ônibus, foi à casa da dona Neusa, uma freguesa boa-praça, que ouviu a história toda, entrou lá para a cozinha e voltou com uma cestinha de morangos:

— Comprei no supermercado hoje mesmo, estão fresquinhos. Corre e leva para o teu filho, mulher, que eu compro mais. Nem ia ter coragem de comer esses morangos, sabendo da vontade do teu menino...

— Deus te proteja, dona Neusa.

Saiu quase correndo, os morangos na mão. Tomou o ônibus, aquele cuidado. Não fosse alguém esmagar os morangos tão ternamente doados pela patroa.

De repente, uma briga dentro do ônibus. Começou lá no fundo, um sururu. Se pegaram de tapa, de murro. Aquilo foi virando uma onda só, chegou na frente, empurram Zefa. Ela perdeu o equilíbrio, a caixinha frágil cedeu, os morangos úmidos rolaram pelo chão do ônibus, onde foram quase todos esmagados pelo pessoal, que se embolava num rolo só, enquanto o motorista parava o ônibus, gritando:

— Polícia! Polícia!

Vinha vindo um camburão, parou, fez todo mundo descer. Zefa de olho no chão, empacada no lugar. O PM encrencou:

— Tá esperando o quê, dona, nova arruaça?

Os olhos de Zefa brilharam. Bem debaixo da cadeira tinham sobrado dois morangos, que brilhavam vermelhos e apetitosos à espera... Se abaixou, pegou os morangos, o guarda estranhou:

— Que é isso, dona, catando coisa do chão?

Ela olhou pra cima, os morangos na mão:

— Ia levando pro meu filho doente, morto de vontade de comer morango, sobraram só esses dois...

O outro desconversou:

— Então vamos indo, dona...

Quando chegou em casa, tempo depois, o menino ardia de febre. Lavou bem lavados os dois morangos, botou açúcar, levou para ele. O menino mastigou suave, os olhos brilhando. Ela prometeu:

— Na próxima vez trago mais...

Os olhos se cruzaram com os da vizinha, reflexo dos seus... Até quando, meu Deus? A lembrança dos morangos esmagados dentro do ônibus, a febre do filho, o jeito do guarda, tava tudo

errado, não tava? Hoje, domingo, é seu único dia de folga. Enquanto o filho ainda mama, ela sente as lágrimas quentes escorrendo pelo rosto, entrando pela blusa, salgando o leite do menino.

Edileusa vem, suave, mulher vivida nos seus dez anos:

– Chora não, mãe, chora não.

Arruaça lá fora. Edileusa vai ver, volta contando:

– Tão brigando por causa da conta de água!

– De novo? – Zefa ajeita melhor a criança no colo. – Pois não é para cada um pagar a sua?

– Tem gente que tá reclamando, achando a conta alta. Tão querendo voltar a usar o poço...

– Mas que gente teimosa!

Zefa até se irrita. A prefeitura ligara a água na favela, fazia tempo que ninguém usava o poço. Quem podia, puxava água pro seu barraco. Quem não podia, tirava da torneira comum. Isso dava essa aporrinhação, porque alguns pagavam conta, outros não. Tinha mesmo que cada um ter a sua torneira em casa, separado dos outros.

– O velho Jofre diz que não larga o poço, mãe – continua Edileusa – que a água é boa e é de graça. Ele até cria peixe lá no poço...

– Peixe?! Cê tá bestando, menina!

– Peixe sim, mãe. Uns peixes gordos de dar gosto. De vez em quando ele chama a criançada para olhar...

— Velho tonto. Onde já se viu criar peixe num poço? Não quero ninguém por lá, ouviu bem? Eu tenho a minha torneira, pago a minha conta, não devo nada pra ninguém...

— E o pai, mãe? — pergunta a menina, como não querendo nada. — Já faz tempo que ele foi embora... será que não volta mais?

Zefa olha com pena a filha ali à sua frente. Sem o pai, ela não pode ir à escola nem nada: precisa olhar os irmãos para a mãe ganhar a vida lá fora...

— Sei não, filha, sei não. Acho que ele não volta.

— E por que ele foi embora, mãe? Foi porque vocês brigaram?

— Acho que foi, filha. Ele tava desempregado, se pôs a beber, a andar com má companhia. E eu disse que ele escolhesse. Se era para ficar bebendo que nem um porco, batendo na gente, melhor mesmo que fosse embora.

O cheiro forte de feijão queimado corta a prosa:

— Corre, Edileusa, que qualquer dia esta casa pega fogo!

O menino dorme no peito, ressonando baixinho. É o caçula, ano e meio. Todos eles uma escadinha. Mal saía de um parto, já engravidava novamente. Estava acostumada, tinha umas batas que ela guardava para a próxima gravidez... Até que o marido sumiu e ela teve que sustentar sozinha o batalhão de bocas pedindo comida. Por onde será que ele anda, Deus? Perdido por esse mundo. Meses de desemprego, desde que fora despedido daquela fábrica de automóveis. Isso mexeu com a cabeça dele. Foi ficando sorumbático, fechado, começou a beber. Ela ainda insistia:

— Que é isso, homem, não acaba com a tua vida, não. Procura emprego!

No começo ele ainda ia. Passava o dia inteiro procurando emprego. Chegava taciturno, nem queria conversa, mal engolia a sopa e ia dormir. Tinha nenhuma paciência com as crianças, que reclamavam:

— O que deu no pai, mãe? Tá tão diferente...

Depois, um dia, não veio para o jantar, no outro, só para dormir. Chegava cheirando a bebida, grosso, violento. Qualquer coisinha, já descia o braço. Até que ela não aguentou mais e disse umas verdades para ele, e ele pegou a mala velha, de papelão, botou as roupas dentro e sumiu na vida. Quase ano sem notícia, sem vir visitar os filhos, nem nada...

As vizinhas pondo fogo:

— Arruma outro marido, mulher. Tem essa fieira de filho, precisa de um companheiro para te ajudar...

— E quem é que vai querer viúva de marido vivo, com seis bocas para sustentar?

— Eu, hein? — dizia a vizinha. — Santo sumido é santo morrido. Você ainda é muito moça, se avie, mulher...

Edileusa aparece, vinda do outro cômodo que faz as vezes de cozinha e sala:

— Vem comer, mãe, a comida tá pronta.

2.
A luta

Segunda-feira Zefa sai bem cedo e recomenda para Edileusa:

— Toma conta direito dos teus irmãos. Não deixa fazer arte por aí.

Edileusa suspira, agoniada. Tanta vontade de ir para a escola... Mora encostadinho à parede de uma escola estadual, a diretora dá preferência para as crianças da favela. O começo foi difícil; no dia da inauguração, ela ouviu o homem que era autoridade dizer para a diretora:

— Tarefa dura, dona Guiomar, com essa favela encostada aí. Vai ter problemas, com certeza...

O que o homem queria dizer com isso? Que eram todos marginais só porque moravam em favela? Aquilo doeu, teve vontade de gritar:

— Pensa que a gente é bicho, doutor, só porque é pobre?

Claro que há marginais por ali, morando também na favela. Não tem em toda parte? Será que não tem em prédio de apartamentos, em conjunto de casas? A mãe dela diz que ela é menina só por fora, por dentro é mulher feita. E tem razão mesmo: de tanto pensar nas coisas acabou ficando gente grande antes do tempo...

Dona Guiomar era boa pessoa, se entregou de corpo e alma ao trabalho. Chamou a turma da favela e foi dizendo, muito sem papas na língua:

– Olha, gente, a escola é de vocês. Se vocês cuidarem, vão ter escola pros seus filhos. Se não cuidarem, não vão ter nada. Agora, eu garanto, as crianças da favela vão ter prioridade nas vagas...

Cumpriu o trato. Eles cumpriram o deles. Um vigiava o outro para não roubar fiação, para não sujar a escola, não invadir... Em troca não só matriculavam os filhos, como usavam a quadra de basquete, quer dizer, menos aqueles que precisavam olhar os irmãos menores, como Edileusa. Dona Guiomar morria de pena, falava com Zefa; não tinha remédio.

– Pobreza é isso, dona Guiomar – se desculpava Zefa. – Eu tenho de sair para arranjar comida pros meus filhos. Não posso deixar eles sozinhos, que se matam por aí. Edileusa estuda mais tarde...

Passou um ano, Edileusa fora da escola. É tanta a vontade de aprender que para as amigas quando elas saem das aulas, pede para ver os livros, os cadernos. Tem uma, Rosângela, unha e carne com ela, que lhe ensina o pouco que sabe. Assim, quase por milagre, que Edileusa aprendeu a ler. De pura vontade. E treina as leituras nos jornais velhos que a mãe ganha das patroas para revender pro Nico, que compra por peso. Mas antes de a mãe vender, ela lê tudinho. Sabe de tudo que se passa no mundo inteiro. A mãe se diverte:

— Eta menina enxerida, credo! Que diferença faz saber tudo isso, menina?

— Claro que faz diferença, mainha — diz Edileusa, e seus olhos brilham. — Eu não vou passar a vida olhando irmão, não, eu quero ter uma profissão melhor que a sua, fazendo faxina a semana toda na casa dos outros.

— Deus te ouça, filha — sorri triste Zefa. — Pobre não tem muita escolha, não.

— Todo mundo tem escolha, mãe, é só se revoltar...

— Ah, filhinha — os olhos da mãe se enchem de lágrimas —, se revolta, não. Fica enfezada, com raiva enrustida. Tenha esperança, mas não seja revoltada.

— Pois eu sou sim, mãe — responde Edileusa, o rosto pegando fogo. — E vou continuar sendo. Porque é dessa revolta toda que eu vou ser alguma coisa na vida. Escute o que digo, mãe, eu não quero ser doméstica. Eu quero ter uma profissão melhor.

— Pois quer sonhar, vamos sonhar. O que você quer ser na vida, minha filha?

Edileusa suspira fundo:

— Artista.

— Que artista, minha filha? Tem artista de todo tipo.

— Ah, eu quero ser atriz...

— Que nem daquela música do Chico Buarque, a Beatriz?

— Essa mesmo, mãe. Viu que música mais bonita? Eu vou estudar muito e vou ser uma atriz conhecida, de novela de televisão, de teatro, de cinema...

A mãe passa a mão na cabeça dela:

— Sonha, minha filha, sonha. Não custa nada mesmo...

— Mas não vou ficar só no sonho, não, mãe. Eu vou ser mesmo.

Estão nessa prosa boa, batem na porta do barraco. É o Gringo, que vem pedir emprestada uma xícara de açúcar. História triste, a do Gringo. Tinha sido palhaço desde criança. Engatinhara no palco de um circo, onde viviam os pais dele. Passou a vida como cigano, de lá pra cá, fazendo a criançada rir pelo Brasil afora, nesses mundões da vida. Depois foi ficando velho, cansado, até que foi parar ali na favela, construiu um barraco e lá vive sozinho, que a família inteira já morreu, ficou só ele no mundo. Tem uns oitenta anos, é velho, o Gringo. A criançada apelidou ele assim porque tem a pele muito clara e um resto de cabelo branco bem no topo da cabeça. Mas ele gosta mesmo é de ser chamado pelo nome que ele tinha no circo: Borzeguim.

— Entra, seu Gringo — diz Zefa.

— Ah, dona Zefa, me chame de Borzeguim, tá bem?

Edileusa ri:

— Que nome mais gozado, esse...

— Pois tinha de ser, menina, pois não é nome de palhaço de circo?

— Hoje vai ter história, vai, Borzeguim? — pergunta a garota, toda interessada.

— Ué, que novidade é essa? — quer saber Zefa, apanhando a xícara de açúcar.

Ela sempre ajuda o Gringo como pode. Afinal, vizinho é pra essas coisas.

— Ih, mainha, a senhora precisa ver! — Edileusa fala toda animada. — Borzeguim conta cada história gozada para a gente, de tardinha! Se pinta todo, bota peruca, parece mesmo um palhaço de circo. E reúne toda a criançada em volta do barraco dele para ouvir e dar risada...

— Ah, por isso que você atrasa todo o serviço, não é, pestinha? — ralha a mãe, dando risada. — Para ir assistir à função do Borzeguim...

— Criança, dona Zefa, gosta mesmo é de uma palhaçada. Tem alguma coisa de mal nisso? E eu lembro os meus bons tempos de circo... Quem nasceu palhaço, morre palhaço... e essa guria aí promete, leva muito jeito para teatro, sabe?

— Bota não essas ideias na cabeça dela, Borzeguim. Ela sonha demais, essa menina. Depois fica me aporrinhando as ideias. Pobre não tem escolha, não, vai é vivendo como pode.

— Aí é que a senhora se engana — reclama o homem. — Se todo mundo pensar assim, nada vai mudar mesmo. Agora, se as pessoas tiverem essa garra de pegar o destino nas próprias mãos, como Edileusa quer fazer, então a coisa pode mudar e...

— Muda coisa nenhuma, entra ano, sai ano, a mesma coisa — interrompe Zefa. — Pra que sonhar tão alto? Nem na escola ela pode ir, a pobre, para olhar os irmãos...

— Logo mais estão crescidinhos e ela pode entrar na escola — consola Borzeguim. — Ela é muito nova, tem muito tempo para aprender e ser alguma coisa na vida, não é, Edileusa?

— Quem fala, olha só — Zefa faz um muxoxo irônico. — O senhor, que foi artista a vida inteira, o que ganhou com isso, me diga. Está velho, sem dinheiro e vivendo sozinho nesta favela. Bela vida, a de artista...

— Mas eu não trabalhava no circo só por dinheiro, não, dona Zefa — Borzeguim faz um ar de vitória. — Eu sempre amei aquilo que fazia. A criançada rindo na arquibancada, comendo pipoca, batendo palmas... Eu fiz tudo o que eu quis na vida, estou pobre, sozinho, e daí? Seria muito pior se nunca tivesse feito o que eu queria, não é?

— Pensando desse jeito...

— Eu não desperdicei minha vida, não — continua o velho. — Eu nasci num circo, me criei nele. Passei a vida no circo. Agora estou velho e cansado, mas continuo fazendo a criançada rir... Eu continuo sendo um palhaço de circo, só que em vez da lona eu tenho o barraco...

— E do que é que o senhor vive? Me diga — insiste Zefa.

— É até engraçado — o outro sorri. — Quando fiquei muito velho para trabalhar no circo, um vereador da cidade onde eu nasci entrou com um projeto de lei, para me dar um salário mínimo de aposentadoria, porque ele tinha rido muito comigo quando era criança, era um menino que sentava sempre na primeira fileira, saquinho de pipoca na mão...

— Um salário mínimo, que maravilha! Mal dá para viver...

— Isso é — concorda o homem —, mas fizeram uma homenagem tão bonita, só vendo. Me deram uma placa da cidade, em nome de todas as crianças, e eu vou vivendo...

— Grande coisa. Besteira, Gringo. Essa profissão de artista é tudo besteira. Acaba tudo morrendo de fome, o público esquece logo... Eu acho que Edileusa devia mais é ter uma profissão que desse dinheiro. Para não acabar numa favela, como a gente...

— Deixa a menina com os sonhos dela, mulher — ralha Borzeguim. — O importante é fazer o que a gente quer na vida. Dinheiro vem por acréscimo...

— Só que não se vive sem ele, né, meu velho. Morre de fome e baubau para ser artista. Ande, menina, tem um monte de roupa para lavar.

— Obrigado pela xícara de açúcar — diz Borzeguim, — Amanhã lhe pago. É o dia de receber a minha aposentadoria...

— Deixa pra lá, não vou ficar nem mais rica nem mais pobre — diz Zefa catando a bolsa e se mandando para o ponto do ônibus.

Borzeguim ainda avisa:

— Hoje tem função lá no barraco, não deixe de ir, menina. Vai toda a garotada, depois da escola. E eu continuo te ensinando como se movimentar pelo palco...

— Ah, vou sim, pode esperar — sorri Edileusa, embalada no sonho bom de um dia ser artista.

Suspira fundo. Antes de lavar a roupa, melhor fazer o almoço. Logo a criançada vai começar a pegar na sua saia, pedindo comida. Eta vida! Tempera o feijão, que já cozinhou, refoga o arroz. De mistura, uma verdura, mais nada. Faz tanto tempo que não come carne que até esqueceu o gosto. Paciência. O dia em que for artista e ganhar muito dinheiro, vai comer carne todo santo dia. Até enjoar.

Edimílson passa raspando por ela. Ela ainda grita:

— Aonde vai, menino? Tá na hora do almoço.

Cinco anos. Fuçador como ele só. Vive pela favela, entrando e saindo dos barracos, conhecendo a vida. Às vezes até sai da favela, fica vagando por aí. Ela que fique preocupada, é tudo nas costas dela, pô. Mainha saindo para a faxina, e os cinco irmãos dando trabalho. O menor ainda dorme depois do almoço, depois de tomar a mamadeira que a mãe deixa pronta. Tem muito leite a Zefa, uma graça de Deus. Já imaginou se tivesse que comprar leite pro menino? O leite esguicha forte e branco e ela enche a mamadeira, recomendando:

— Dá pro menino na hora certa. Não deixa ele chorar de fome...

Tudo na cabeça de Edileusa. Tem hora que dá uma vontade de largar tudo, ir bater bola, empinar pipa, espiar as crianças na escola, comendo merenda, tão bom... Mãe é boba: se pusesse as crianças na escola, tinha merenda de graça. Ela e o Eduardo já podiam ir, sobravam os quatro menores... Mas quem olhava eles?

Os olhos se enchem de lágrimas. Uma raiva surda toma conta dela, e ela jura, ali mesmo, na beira do fogão pinguela, com duas bocas só, que um dia tudo vai ser diferente: ela entrará na escola, para aprender o que deve, e um dia será uma artista famosa, como as da novela das oito!

3. A dúvida

Chega cansada do trabalho. Edileusa, na porta do barraco, avisa:

— O pai voltou.

Suspira desalentada. Voltar pra quê, meu Deus? Pra começar tudo de novo? Entra sem vontade. Lá está ele, sentado na mesa da cozinha, tomando café. Levanta a cabeça, fala:

— Tá contente de me ver, mulher?

Fica por ali vários dias. Perambulando pela casa, pela favela. Às vezes, passa o dia todo fora. Não diz por que voltou nem se vai ficar, nem ela pergunta. Já chegam os seus problemas. De vez em quando afaga a cabeça de um filho, dá um beijo, diz que sentiu saudades. Está mais magro, abatido, a roupa cambaia no corpo. Pede algum dinheiro emprestado, ela, de pena, dá. Mas não tem costume de comprar comida para as crianças, não pode desperdiçar em vício de marmanjo. Ele sorri doído, não pede mais.

A vizinhança quer saber, eta gente curiosa:

— Voltou para ficar, Zefa?

— Eu que sei?

— Ué, pois não é a mulher dele? Quem vai saber senão você?

— Nem perguntei.

A vizinha arregala os olhos:

— Gozado, nem por curiosidade?

— Que adianta saber? Se quiser, ele some de novo, e cá fico lutando com a filharada. Ele que sabe da vida dele, se quiser ficar, que fique, mas sem bebida e sem chateação lá em casa.

Parece curado da bebida — será? Não tem cheiro de bebida como antes, aquele bafo empesteando o barraco. Mas também não tem garra para procurar emprego, para mudar de vida.

Ficou um mês, pouco mais que isso. Um dia, voltando da rua, Zefa encontra um bilhete sobre o fogão:

Vou e não volto mais.
Cuide das crianças.

Eduardo

Senta, o bilhete na mão. Quer chorar, mas não tem mais lágrimas. Chorar pra quê? Tem mais é que levantar a cabeça, sair para a luta, que as seis bocas, fora a dela, esperam comida, sem falar em roupa e remédio. Seis filhos, todos de nome começado com E: Edileusa, Eduardo, Edimílson, Edileia, Edgar e Edinho, o caçula, que ainda mama no peito.

Tudo por gosto do pai, que dizia:

— Acho o meu nome bonito, quero todos os meus filhos com letra E.

Isso fora nos bons tempos de emprego, família unida, sem bebida nem aporrinhação das ideias. Depois vieram as más companhias, o bilhete azul na fábrica, o trem descarrilou. Por onde andará agora, meu Deus? Em que caminhos irá fazer sua vida? Se ao menos recomeçasse com alguém, arranjasse um novo emprego, deixasse de ser um molambo por aí...

E ela? O que fará da própria vida? Por enquanto continuará na mesma, que remédio. Dupla jornada de trabalho: depois da faxina, na casa das patroas, ainda encara um tanque com as roupas dos filhos, que Edileusa não dá conta de tudo. Ainda bem que a favela agora tem água encanada, antes era muito pior, só com aquele poço que seu Jofre abrira e que agora servia para criar peixe. Com torneira de água só para ela, até que ficara fácil. Isso sem contar as mãos envelhecidas de tanta água e sabão, as costas curvadas de tanto serviço pesado. Vida dura, que remédio. Só conhece essa...

Moleque batendo na porta do barraco: recado de dona Guiomar, a diretora da escola. Que é para ela ir lá conversar com ela.

— Tá bom, diz para dona Guiomar que eu vou hoje mesmo, só o tempo de dar de mamar pro Edinho, que tá ranheta, porque pegou um resfriado.

E ela sem dinheiro nem para comprar remédio. Vai no chá mesmo, de umas santas ervas que crescem ali pela favela e Borzeguim colhe para ela, quando não está fazendo graça para o menino.

— Licença, dona Guiomar?

A diretora simpática sorri para ela:

— Faça o favor de entrar e sentar.

Zefa senta, fica olhando ao redor. Sala bonita, uma samambaia pendurada no teto. Que será que dona Guiomar quer com ela? Nem tem filho na escola ainda.

Mas é isso mesmo. Dona Guiomar ajeita os óculos e explica, bem explicadinho, que é uma pena Edileusa e Eduardo não aproveitarem a escola ali tão perto. Que ela entende a dificuldade toda de não ter com quem deixar as crianças menores, mas quem sabe dava um jeitinho, a Edileusa tão inteligente, tão interessada no estudo, uma pena a menina ir crescendo analfabeta daquele jeito.

— Ah, ela aprendeu um pouquinho, dona Guiomar — afirma Zefa, com convicção. — Com Rosângela, a amiga dela. Sabe que a danada lê direitinho os jornais que eu trago para casa para vender?

— Isso só não basta, dona Zefa — insiste a diretora. — A menina precisa de curso regular. Tirar o diploma do ensino fundamental. Eduardo também.

— E quem olha as crianças pra mim?

— Mas é encostadinho na favela. Três horas no máximo. Se for o caso, os menores ficam aqui mesmo, dá-se um jeito. O que não pode é deixar as crianças sem escola. Pense bem.

— A senhora tem razão, vou dar um jeito. Eu não quero que Edileusa cresça sem educação, longe disso. Eu quero uma vida melhor para minha filha. Quem sabe alguém da favela olha as crianças pra mim, enquanto ela está na escola.

— Isso, dona Zefa, agora sim — Dona Guiomar fica contente. — Resolva o problema, que eu guardo a vaga para os dois. Edileusa já perdeu três anos de estudo, mas é inteligente, recupera logo.

— Obrigada — agradece Zefa comovida com o interesse da outra.

Arranjou mais um problema: quem é que vai olhar seus filhos se Edileusa for para escola, quem?

Ao saber, Edileusa dá pulos de alegria:

— Verdade, mãe, eu vou mesmo para a escola?

— Você e o Eduardo. Dona Guiomar insistiu, ela está certa.

— E quem olha os meninos?

Zefa sorri, suspira fundo:

— Eu que sei? Preciso arrumar alguém para fazer isso.

— Edimílson anda tão levado! Tem dias que some, custo para encontrar ele...

— Vão querer cobrar, claro...

— Cobrar o quê, mãe?

— Para olhar as crianças...

— E a senhora pode pagar?

— Claro que não, mal ganho para a gente comer. Se ainda tivesse uma creche por aqui...

— Será que não tem?

— Tem uma longe daqui, como é que vou subir nesses ônibus cheios, com quatro crianças, uma quase de colo? E preciso ver se ainda encontro vaga.

— Ué, tão falando que abriram tanta creche por aí...

— Tem o prédio, isso tem; mas não tem nada dentro. Falta tudo. As que funcionam estão cheias de crianças. Mãe que trabalha e é pobre, é sempre a mesma desgraceira. Não tem onde deixar os filhos. Mas não esquenta não, minha filha. Você tem de ir para a escola e vai. Eu dou um jeito.

Dona Maria, a velha que mora sozinha num barraco perto, se ofereceu para olhar os filhos da Zefa. Cobra pouco, desde que a comida esteja pronta, só para ela esquentar e servir. Paciência, dá-se um jeito, levanta-se mais cedo. Para complicar mais ainda, o horário de Edileusa é de manhã, justo na hora que ela fazia o almoço. Escola pública não se escolhe horário: pegar ou largar. Mas a menina garante, na sua ânsia de estudar:

— Levanto cedinho, mainha, deixo o almoço das crianças pronto, a dona Maria só serve elas.

Começo das aulas, que alegria! Edileusa levanta de madrugadinha e logo já está mexendo as panelas na cozinha. Cozinha e tempera o feijão, faz o arroz, a verdura. Fica tudo nas panelas, só

requentar depois e servir. Zefa prepara a mamadeira do menor, deixa para dona Maria:

— Por favor, dê uma esquentadinha, mas não deixe ficar quente demais que queima a boca do menino...

A outra se zanga:

— Criei oito filhos, mulher. Pensa que sou alguma louca?

— Pago no fim do mês, assim que eu receber...

— Tudo bem.

A outra se aboleta no barraco. Mais fácil vir para casa da Zefa, com tudo por ali, do que carregar as crianças mais a comida. Zefa ainda recomenda:

— Cuidado com Edimílson, ele é muito levado...

— Pois trate de deixar suas ordens com ele, que não tenho mais pernas para correr atrás de moleque — diz Maria.

Saem juntas, Zefa e Edileusa, uma para tomar o ônibus, a outra para a aula na escola municipal. Eduardo já saiu de fininho, para aproveitar um joguinho de bola na quadra da escola. Malandro como ele só, não ajuda nada em casa. Diz, todo machista: "Isso é serviço de mulher".

— Vai sossegada, mãe — diz Edileusa, toda feliz, a pasta cheia de cadernos que a mãe comprou no maior sacrifício, uma das patroas ainda ajudou um pouco. — Saio da escola e corro para casa. Vai dar tudo certo.

— Deus te ouça, filha.

A mãe se benze, dá adeus, vai para a fila do ônibus.

Edileusa sobe as escadas da escola como se estivesse entrando num sonho, até que enfim! Dona Guiomar aparece, sorri para ela:

— Contente, menina?

O sorriso vai de orelha a orelha:

— O dia mais feliz da minha vida, dona Guiomar...

— Pois quero ver seu esforço aqui na escola. Perdeu três anos, precisa recuperar logo, hein?

Hora do lanche: merenda. Que maravilha! Quanto tempo que ela não comia! Até repete, de gula e gosto; Eduardo também. Além do prazer de estudar, o prazer de comer. E a criançada diz que no dia seguinte vai ter canjica, sopa, ovo cozido, uma porção de coisa boa. É capaz até de aparecer carne por aí, que ela até esqueceu o gosto. E dona Guiomar conseguiu que mesmo nas férias a criançada tenha merenda. Edileusa se sente no céu. Não sabe como agradecer a insistência da diretora em fazer a mãe consentir que ela estudasse.

Fim da aula. Edileusa corre para a favela, para render dona Maria, que já está de cabelos em pé:

— Que meninada levada, Edileusa, não sei como você aguenta. O Edimílson, então, sumiu a manhã inteira, só voltou na hora da fome. Precisa dar um jeito nessas crianças tão levadas e desobedientes.

Tardezinha, Zefa volta, como sempre, cansada.

— Tudo bem, minha filha? Tudo bem, meu filho?

— Ah, mãe, foi uma beleza, a senhora nem imagina. A gente teve uma merenda legal, comeu muito, até repetiu. Pena que não possa trazer pras crianças, de marmita. Dona Guiomar é ótima, conversou comigo — diz Edileusa, radiante.

— E as crianças deram muito trabalho para dona Maria? — pergunta a mãe, desabando na cadeira mais próxima.

— Deram sim, mãe, dona Maria estava pondo os bofes pela boca, também ela é velha, né? Mais um pouco, acostuma, liga não.

Edileusa esquenta o que sobrou do almoço, serve a mãe e as crianças. Come pouco, deixa mais para os irmãos, que ela agora tem a merenda, não tem? Depois toca a lavar a louça e fazer a lição que a professora passou no caderno. Arruma a mesa, limpa direito. Não vá alguma gordura manchar o caderno novo, tão branco, pedindo letra de criança. Depois vai dormir, leve, feliz da vida, cansada mas feliz, o sonho colorido começando a se tornar realidade, tão bom, tão bom, que a vida agora até parece uma novela, aquelas novelas de televisão, onde um dia ela vai ser artista, ah, se vai...

4. O sonho

Quatro horas da tarde: Borzeguim vai começar o espetáculo. Só que, em vez de se paramentar lá dentro do barraco, ele faz diferente: leva a caixa de maquiagem lá para fora, põe em cima de uma mesinha cambaia, enquanto uma criança lhe segura o espelho. E tem o baú, também, onde ele guarda suas roupas de palhaço e suas perucas coloridas. A criançada se junta em volta dele, e Edileusa (que já foi à escola de manhã, que sorte!) é a assistente que ajuda o artista, para aprender também a ser artista um dia...

Borzeguim faz tudo como se estivesse se preparando mesmo para um espetáculo de circo. Primeiro coloca a roupa, umas calças bufantes de cetim vermelho, cheias de remendos de algodão, com suspensórios velhíssimos, cerzidos com linha grossa. Calça os borzeguins, botinas que lhe deram o nome, com uma ponta imensa virada pra cima, como sapatos de califa, aqueles reis das histórias das *Mil e uma noites*, que todo mundo conhece. Depois veste um paletó comprido a mais não poder, que desce pelas canelas, com vários buracos "para correr um ar", conforme ele diz, e a molecada sempre ri. Por esses buracos do paletó saem coisas incríveis: um gato malhado, bolas de todos os tipos, bonecas, outro dia saiu até uma mamadeira para o Edinho, que assistia ao espetáculo...

Por último, coloca a peruca. Ele tem muitas, de todas as cores: ruiva, cor de palha, azul, verde... Depende do humor do dia. Daí ele começa a se pintar e é aquela alegria entre a criançada. Eles até brigam para segurar o espelho... Edileusa, toda importante, vai passando os potes de maquiagem, aprendendo toda a técnica que Borzeguim desenvolveu durante anos a fio. Num instante ele vira o palhaço querido da meninada, só falta colocar o nariz postiço, uma bola bem vermelha com um coração preto pintado na ponta.

Então se dá a mágica transformação... Fecha-se o baú, Edileusa senta com os outros em volta dele e...

— Senhoras e senhores! — avisa Borzeguim, com voz forte —, vai começar o espetáculo. Para vocês, vindo diretamente do mundo, o mais famoso palhaço de todos os tempos...

— BORZEGUIM!!! — grita a criançada, delirante, batendo palmas, batendo os pés, fazendo uma algazarra dos diabos.

— Já vai começar o escarcéu — diz uma vizinha de barraco.

Mas não resiste; logo está sentada, também assistindo ao espetáculo. E outros se chegam — velhos, moços, de todas as idades — enquanto lá dentro do círculo mágico tudo acontece.

Borzeguim conhece seu ofício, suas manhas e macetes. E ele se esmera todo, ali no espetáculo da tarde, como se estivesse mesmo num belo circo cheio de cores e música, com alto-falantes e orquestra... O importante é estar cercado de crianças. E enquanto elas riem, aplaudem, vaiam, seu coração se enche da antiga ternura que sempre o acompanhou nos anos todos de artista ambulante, correndo as vilas desse imenso país...

E canta, e pula, e conta piada, e tira um tomate do nariz da menina da primeira fila, e cata piolhos imaginários na careca, e corre atrás de seres invisíveis... e toca um banjo, companheiro inseparável, já rachado e rouco, velho como ele, mas que ainda assim acompanha o ritmo e faz surgir o milagre da música!

São quase duas horas de espetáculo todo dia. Quem passa pela favela, estranha:

— Palhaço? Será algum circo visitando o pessoal ou é coisa do governo?

A turma cai na risada:

— A gente "temos" palhaço. De cadeira cativa.

Seis horas: a função termina. Há um riso gasto em todas as faces. Borzeguim, suado, feliz, retira a peruca, desveste o casacão, as calças de cetim, os borzeguins encantados. Tira a maquiagem com a ajuda da Edileusa, sempre prestativa, aprendendo tudo, tim-tim por tim-tim.

A mãe, chegando do trabalho, goza:

— Continua nessas bobagens, filha? Não me diga que vai ser palhaça de circo!

— E se fosse? Palhaço também não é artista?

Zefa se cala. "Tem cada ideia essa menina... Melhor nem esquentar, ela que siga o caminho que quiser, a vida é dela, não é? Nem dá mesmo trabalho, sempre estudando, fazendo a comida, ocupada o dia inteiro... Se quer ter essa vida desgraceira de artista — pois se vê o caso do Borzeguim —, que tenha. Paciência. Depois não diga que não avisei..."

Depois do jantar, da lição feita, dos irmãos todos na cama, hora do sonho para Edileusa. Agora é ela quem está num palco todo iluminado, cheio de cortinas de rendas, poltronas estofadas de veludo carmim, um piano de cauda bem no meio. Tem de ser de cauda, piano mixuruca não serve. O pano se abre, a plateia rompe em aplausos. Quando ela entra, num belo vestido – melhor bem vermelho! Ou ficaria mais bonito todo branco? –, até se levantam para aplaudir melhor. As mãos ficam ardidas de tantas palmas, até que se aquietam. Sentam-se todos e começa o espetáculo. Ela em cena, contracenando com um galã lindo de morrer. Agora tem uma cena triste, ela está caindo, o galã segura, grita: "Meu amor, não morra, meu amor!". Onde foi que ela viu essa cena, meu Deus? Será que foi na *Dama das Camélias*, aquele filme antigo que ela viu na televisão da vizinha? Ela, virando os olhos, suspira fundo... e morre... O pano cai. A plateia delira, chama pelo seu nome, grita, exige sua presença. O pano se abre, lá está ela, vivíssima, ao lado do galã, curvando-se graciosa, enquanto a rosa jogada por alguém cai bem no decote do seu vestido branco...

O sono vem, brando, tranquilo; um sorriso paira nos lábios de Edileusa. Dorme como uma grande atriz, ouvindo as palmas da plateia, enquanto o galã diz bem no seu ouvido, agora a história da vida real, muito mais bonita:

— Você esteve maravilhosa, meu amor...

O sonho baralha: aparece a peruca do Borzeguim, seu casacão cheio de furos, as calças de cetim, as perucas coloridas. De repente, não é mais o Borzeguim; é ela mesma, vestida de palhaço, o nariz de bola vermelha, com um coração preto pintado na ponta, a voz da mãe invadindo seu sonho: "Quer ser palhaça de circo, menina?".

Mas o sonho dá marcha à ré, volta pro teatro. Agora o público sai da plateia, ela vai pro camarim tirar o belo vestido branco — será que não ficava melhor azul prateado? — enquanto o galã — como é o nome dele, afinal? — a espera no camarim para irem jantar fora... Ah, ela quer comer um filé malpassado, num restaurante bem chique, de preferência com velas sobre a mesa, como ela viu outro dia num filme da televisão... e de sobremesa, uma taça de morangos com creme... O sonho dá uma rabanada, agora é a mãe lavando dois morangos na pia da cozinha do barraco, o irmão chorando e ardendo de febre, com vontade de comer morangos, a mãe chegando com o pires na mão, os dois morangos nadando no açúcar: "Come, meu filho, mastiga bem devagar, para sentir o gosto...". O irmão começa a comer os morangos, pede mais, não tem, a mãe chora. Um barulho esquisito nos ouvidos insiste, queima o sonho, a mãe sacudindo Edileusa, enquanto o despertador toca desandado.

— Acorda, filha, cinco horas. Tem de fazer o almoço antes de ir para a escola.

Edileusa, ainda tonta de sono, pula da cama, lava o rosto, vai para a cozinha fazer café, começar o almoço corrido. Entra às sete na escola. Ainda tem de arrumar os cadernos na mala. Logo chega dona Maria, para olhar as crianças. Edimílson some na poeira, a mãe vai pegar o ônibus para zona sul, onde trabalha de faxineira. A favela está acordada e de tarde vai ter a função do circo. Borzeguim não falha um dia, e mais um dia se repete, igual, sempre igual. Quando é que ela, Edileusa, vai sair dessa vida, meu Deus?

A água ferve, ela coa o café, bem ralo — "Aproveita bem o pó, Edileusa!" —, algum dia, muito em breve, ela vai coar um café bem forte, botar creme por cima e voltar para sonhar o seu sonho bonito de ser atriz!

Agora não dá, agora é fazer o tempo render... Lava, escorre o arroz, refoga, deixa ferver... Sobrou feijão sem tempero, para não azedar. "Quando é que a gente compra uma geladeira, mãe?" "Tenho dinheiro, não, Edileusa, se vira..." Tempera o feijão, mexe a verdura... o Edinho na sua saia: "Quero a mãe...", dona Maria chegando:

— Que bagunça a desse barraco, meu Deus!

Edileusa, pondo pano quente:

— Já dou um jeito, dona Maria...

Quase sete horas, mal dá tempo de vestir o uniforme, sair correndo para a escola, ainda bem que é encostada na favela... Ainda pega a rabeira da fila. Dona Guiomar sorri para ela, no alto da escadaria, ela até lê o pensamento da outra: "Menina de garra, essa. Vai longe...".

Hora da merenda, hora mais feliz da vida... Se não fosse pela lembrança dos irmãos lá em casa — "Será que dona Maria dá comida direito para eles?" —, seria uma hora de paz infinita. Seu olhar cruza com o do Eduardo, que come feliz da vida, numa cumplicidade gloriosa... Hoje é dia de canjica, bem branquinha, nadando no leite de soja... Ela ouve o comentário de uma das professoras para a colega:

— Depois da merenda, eles rendem muito mais, em classe...

"Claro" — pensa Edileusa. "Quem pensa com fome? De barriga cheia, quentinha, dá aquela vontade de aprender, de estudar, de viver..."

Abre o caderno com gosto, copia a lição da lousa. Dez anos e ainda na primeira série. Mas há outros como ela. Tem até um com 15 anos. Mas ela vai recuperar o tempo perdido, não vai perder um ano, vai estudar para valer. Um dia, quando já tiver tirado o diploma do curso fundamental, ela entrará numa escola de teatro. Será que aceitam logo de cara, ou precisa fazer um teste? Borzeguim deve saber. Vai perguntar para ele e...

— Sonhando de novo, Edileusa? — fala a professora ao seu lado.

— Ai, desculpe, dona Nádia. Eu tava sonhando sim...

— Pois dê folga ao seu sonho, e vá para lousa agora fazer a tabuada...

Hora da saída, aquela agitação... A molecada dispara como estouro de boiada. Nem bem o sinal toca, é o sapateado na classe, o empurra-empurra de carteiras, as pastas caindo no chão, a professora gritando:

— Calma, criançada! Olha que se machucam...

Qual o quê! Galopam pelas escadas, quase atropelam os serventes, escapam pelo portão... Edileusa cruza com Eduardo, que está noutra classe. "Não é bom dois irmãos na mesma classe", dissera dona Guiomar, e ela nem entendia por quê. Saem juntos da escola, animados...

— Tava boa a merenda, né? Disseram que amanhã tem sopa... Será que dona Maria cuidou bem dos pequenos? A mãe pediu aumento para a patroa, quer comprar mais comida para a gente... Será que dá para comprar carne? Hoje tem função lá no seu Borzeguim?

— Claro que tem! Já viu ele deixar de dar função? Só se estiver doente...

Entram na favela, ali encostadinha. Alguns barracos até se escoram no muro da escola... como criança na mãe. Do barraco deles vem cheiro de comida. Um arranca-rabo: É Edimílson que cismou com Edinho, está brigando e xingando. E dona Maria, com as mãos na cabeça:

— Precisa dar educação para esses meninos, Edileusa. Tô ficando doida de olhar eles...

Edileusa cai na real, aparta a briga, acalma a dona:

— Precisa jeito, dona Maria, no grito não resolve nada...

Edileusa já contornou a situação, senta Edimílson na mesa, enche o prato dele de comida, enquanto Eduardo põe Edinho no berço, mamadeira em punho.

Edileusa suspira, guarda a pasta com os cadernos, bem longe dos irmãos, senão vão sujar a lição de casa... Dona Maria se despede, depois de comer um prato tão cheio que parece que tem fome atrasada ou lombriga solitária, como diz Zefa.

5.
A esperança

Sexta-feira: a merenda está uma delícia: arroz-doce. Edileusa come, repete. Então não aguenta e pede:

– Será que eu podia levar um pouco de arroz-doce pros meus irmãos? Eles gostam tanto... Me dá até remorso de comer sozinha.

A merendeira, dona Rosa, mãe de muitos filhos, concorda:

– Eu guardo um pouco num copo plástico para você levar. Passa aqui depois da aula.

Edileusa, feliz da vida, comenta com Eduardo no recreio:

– Dona Rosa vai guardar arroz-doce para os meninos.

– Que bom – diz Eduardo. – Eles adoram doce.

– Mainha nunca tem tempo de fazer. Quem fazia era eu, né? Agora com a lição de casa, não dá mais...

Toca o sinal, vão para a classe. De arroz-doce no estômago, com o gosto daquela canelinha gostosa, quem não estuda? A manhã acaba rapidinho. Quando dá o sinal é a velha debandada, a professora gritando:

– Cuidado com as escadas, gente! Eta meninada aflita! Edileusa cata os cadernos, espera Eduardo, que vem muito na dele, sem pressa. O que ela tem de aflita, o irmão tem de calmo.

A mãe costuma dizer que nem parecem saídos da mesma barriga. Cada um com seu temperamento... Voltam para casa, logo ali, Edileusa carregando com todo o cuidado o copo plástico cheio de arroz-doce. E dona Rosa ainda disse que vai guardar sempre uma coisa gostosa para ela levar para os irmãos, que mulher simpática!

— Ué, que confusão é essa na favela? — Eduardo até arregala os olhos.

Edileusa presta atenção, é mesmo, uma correria! Será que aconteceu alguma desgraceira por ali? Nem dá tempo de pensar direito, Edileia aparece chorando e gritando:

— O Edimílson caiu no poço, foi olhar o peixe e caiu lá dentro...

Edileusa não vê mais nada. Deixa cair o copo com o arroz-doce, enquanto dispara, seguida pelo irmão, até o outro lado da favela, onde fica o tal poço. Pelo caminho, vai ouvindo a gritaria:

— O Gringo se atirou no poço para salvar o moleque, joga corda, gente, quem sabe ainda salva os dois...

Hora da peste, confusão dos diabos... Quando chega na beira do poço, já alguns homens atiram cordas para fazer subir o Borzeguim, que segura nos braços o corpinho inerte do Edimílson...

— EDIMÍLSON!! — berra Edileusa, quase despencando lá dentro.

Mas Eduardo a segura forte, enquanto a turma atira corda, grita umas coisas para o velho, que se amarre bem que eles puxam os dois... Edileusa nem ouve direito, uma zoeira no ouvido. "Onde é que está a mãe, meu Deus, será que o irmão ainda está vivo? Minha Nossa Senhora Aparecida, acuda a gente, salva os dois, pelo amor de Deus!"

Quanto tempo ficou ali, encolhida, rezando com o irmão do lado, que chora baixinho, ela nem soube dizer. Em volta deles também Edileia, Edgar, até Edinho, com a chupeta na boca, tudo de olhão arregalado, sem saber direito o que está acontecendo. Dona Maria aparece, assustada:

— Tenho culpa não, Edileusa, essa peste some o dia inteiro. Quando dei por mim, foi na gritaria, já tinha caído lá dentro... Foi olhar o peixe... Também, que ideia idiota de criar peixe no fundo de um poço!

Edileusa levanta os olhos, sente pena da outra. Responsabilidade essa de olhar os filhos alheios.

– Não é culpa da senhora, o menino é muito arteiro, comigo também ele sumia – consola.

Já vêm trazendo o velho e o menino. Borzeguim, agarrado ao Edimílson, derreado sobre ele, como uma trouxa de roupa. Alguém grita:

– Tão vivos, os dois. Depressa, precisa levar para as Clínicas, para a Santa Casa, arrumem um carro, rápido...

Dona Guiomar! – Edileusa pensa rápido como um raio. Dispara para a escola, Eduardo atrás. Invade a sala da diretora, que a olha assustada:

– Que foi, menina?

– Pelo amor de Deus, dona Guiomar – suplica Edileusa. – Meu irmão caiu no poço, e Borzeguim se atirou para salvar ele. Tão mais mortos que vivos, a senhora leva eles para o hospital?

Guiomar pega a bolsa e sai avisando em voz alta a servente:

– Chame a Nádia. Ela que tome conta aqui da diretoria, enquanto levo gente pro hospital. Ela segura a barra pra mim...

Num instante, o carro saindo do pátio da escola, Edileusa já correndo para a favela, avisando. Trouxeram o Edimílson e o

Borzeguim, colocaram com cuidado atrás do carro, Edileusa diz: "Vou junto".

Embarca na frente, ao lado da dona Guiomar, e grita pro irmão:

— Toma conta das crianças, Edu, e quando a mãe chegar manda ela lá pras Clínicas. Não deixa ela se assustar muito, não.

O carro sai numa voada, dona Guiomar tentando lembrar onde fica o Hospital das Clínicas.

— Você sabe, Edileusa?

— Ah, sei sim, dona Guiomar, outro dia fui com a mãe. É lá perto da avenida Rebouças, em Pinheiros.

"Meu Deus, do outro lado da cidade", pensa dona Guiomar. Acelera, se algum guarda parar, explica a emergência. Dá uma olhada rápida pra trás, parece que o velho respira, mas o menino está tão quieto, desacordado. "Por favor, que eu chegue a tempo de salvar os dois..."

O trânsito, como sempre, está terrível, ela dá sinal, tenta pegar a marginal pela direita...

A cabeça de Edileusa está um branco só. De repente, lembra: a mãe ainda não sabe, onde é que guardou o telefone da casa da patroa, melhor não avisar nada, tão longe, a pobre, vem descabelada tomando ônibus, melhor chegar sossegada e Eduardo dá o recado, daí tem o susto, mas vai ter susto de qualquer jeito, chegando em casa, alguém da favela vem com ela até o hospital, a mãe anda meio abatida, ultimamente, vai ver é trabalho demais, nem come direito antes de sair, nossa, Borzeguim está gemendo, lá atrás. Edileusa vira, dá uma olhada nos dois, morde os lábios de aflição.

Zefa chega, derreada. O ônibus estava cheio de matar, essa noite. Fez uma faxina dos diabos naquela casa, parece que nem limpam durante a semana, largam tudo na mão dela. Ser faxineira é difícil, e a patroa ainda dizendo: "Já vai?". "Pois não cheguei bem cedo, dona Marta? Já são cinco horas. Tenho a minha família para cuidar."

Suspira quando enxerga a favela, descanso, enfim. Vai tomar um prato de sopa, anda meio enjoada ultimamente, o estômago reclamando, é a canseira da vida. Vem arrastando as sandálias quando, de repente, Rosângela, aquela menina da vizinha, corre ao seu encontro:

— Edimílson caiu no poço, dona Zefa. Borzeguim se atirou para salvar ele, dona Guiomar levou eles para o Hospital das Clínicas, junto com Edileusa...

Zefa nem ouve o final, desaba ali mesmo, numa tontura feia, escureceu a vista e o mundo se apagou. A menina dispara de volta:

— Acuda, gente, Zefa morreu, Zefa morreu!

Nova correria na favela, dona Maria, morta de remorso, corre para acudir a mãe desmaiada, caída como trouxa de roupa.

— Alguém me traga amoníaco — berra dona Maria. Logo aparece a mãe da Rosângela com um vidro na mão. Destampa, fazem Zefa cheirar, ela acorda num átimo. Com amônia, só defunto resiste.

— Onde é que está meu filho?

— Calma, mulher, está salvo, lá nas Clínicas, dona Guiomar já ligou para escola. Mas quebrou as duas pernas. Quem tá muito mal mesmo é o pobre do Gringo. Botaram ele na UTI com suspeita de fratura no crânio, bateu a cabeça quando se atirou para salvar o menino...

— Me levem lá — Zefa começa a se levantar, decidida. — Me levem lá...

— Calma aí! Está fraca, sofreu um desmaio feio. Venha tomar um café, seu menino já foi medicado. Edileusa está lá desde que voltou da escola.

— E por que não me avisaram?

— Adiantava tirar seu sossego lá no serviço? Não viu o que deu quando ouviu a notícia? Pelo menos agora está entre amigos. Me perdoe, não tive culpa, me distraí, o menino se escafedeu, foi olhar o peixe...

Zefa balança a cabeça, na velha conformação:

— Eu sei que não. O menino é levado mesmo, ninguém dá conta. Me ajude a levantar, acho que vou querer aquele café...

Amparada pela vizinha, entra em casa. Os outros filhos se reúnem à sua volta, como um bando de pintos pedindo agasalho. Têm os olhos assustados, marcas de lágrimas no rosto. Eduardo conta em detalhes tudo que aconteceu, a rapidez da dona Guiomar em acudir as vítimas.

Zefa comenta:

— Ainda bem que a gente sempre encontra um filho de Deus nessas horas de amargura. Ela ligou, mesmo, falando que o menino está salvo?

— E a gente ia te enganar, mulher? — diz dona Maria. — Quebrou as duas pernas, tem uns machucados, mas tá salvo. Agora, o pobre do velho, também com oitenta anos, se atirar num poço para salvar o menino... Dizem que ele estava sossegado, na porta do barraco, quando alguém gritou: "O Edimílson caiu no poço!". Ele correu para lá, pulou no poço bem na hora. Dizem que o menino já saiu roxo de dentro da água, ainda bem que o poço nem era muito fundo...

— Ele é muito velho — fala Rosângela. — Estão dizendo que pode morrer de pneumonia… essas coisas…

— Toma o café.

Dona Maria traz o cafezinho:

— Cria ânimo, mulher, quando melhorar um pouco, a gente te leva para ver Edimílson. Dizem que está chamando a mãe o tempo inteiro. Eta moleque da peste, para dar um susto desses na gente…

— Tadinho… — as lágrimas escorrem pelo rosto da Zefa, caem na xícara de café, ele fica salgado.

Batem na porta, mandam entrar, é seu Guilherme, motorista de táxi, passou para comer alguma coisa no seu barraco e ficou sabendo da história. Vem oferecer os préstimos:

— Levo a senhora pro hospital, dona Zefa.

Zefa nem acredita quando vê Edimílson, todo engessado: as duas pernas e o braço direito. Se quebrou todo, mas está vivo, graças a Deus. O menino resmunga:

– Manhê, manhê, me tira daqui...

– Seu peste!

Zefa abraça adoidado a cria safada, que deu aquele susto nela, que pôs o pobre do velho na UTI do hospital. O médico de plantão comenta, entre compadecido e curioso:

– Está fora de perigo, fique sossegada. Foi tirado da água na hora H. A senhora tem de agradecer é ao pobre do velho. Verdade que ele é palhaço de circo?

– É sim, senhor. Faz espetáculo todo dia em frente do barraco dele para as crianças da favela. Ele adora criança. Edimílson era o maior fã dele. Acho que foi por isso que ele se atirou no poço para salvar meu filho... Como é que ele está?

– Muito mal, dona Zefa, muito mal. Como se suspeitava, teve uma fratura craniana. Nem sei como conseguiu sair daquele poço, e nessa idade avançada. Sinto dizer, ele não tem família, não é? Vocês são a família dele, mas dificilmente ele escapa. A não ser por um milagre...

Os olhos da Zefa se enchem de lágrimas, enquanto olha o menino, à sua frente, vivo, embora todo engessado.

– Posso ver o gringo, doutor?

— Só do lado de fora, pela janela. Ele está inconsciente, de qualquer forma nem ia adiantar. Entrou em coma agora à noite, é questão de horas...

Abrem a cortina da UTI. Zefa cola o rosto no vidro, espia lá dentro. Na cama, ligado a uma porção de tubos e vidros, está Borzeguim, os olhos fechados, os cabelos brancos empastados de suor. Respira por um aparelho ligado nele, que faz um barulho esquisito.

— Obrigada, meu velho — diz Zefa — eu vou rezar por você...

E sai correndo pelas escadas, soluçando, incapaz de conter a emoção que toma conta dela. No ar paira a vaga lembrança de uma peruca ruiva e de um nariz de bola vermelha com um coração preto pintado na ponta...

© Arquivo pessoal

Autora e Obra

É incrível que, após 30 anos da primeira publicação, este texto continue tão atual: um pai de família perde o emprego (como 12% da população atualmente), não consegue trabalho e entrega-se à bebida. Torna-se violento e acaba largando a família, deixando seus seis filhos aos cuidados da mulher, faxineira, que tem de se virar como pode.

Apesar do sucesso do livro, sinto tristeza por nada ter mudado nesse tempo todo — talvez tenha ficado ainda pior.

Mas não podemos desanimar. Se o escritor é, de certa forma, a alma de seu povo, ele deve retratar todas as mazelas que o afligem como forma de indignação e esperança de mudanças...

Porque o escritor é um rio que corre implacavelmente para o mar...

Giselda Laporta Nicolelis

© Arquivo pessoal

O Ilustrador

Nasci no Rio de Janeiro, mas fui criado na França, onde cresci desenhando muito e construindo bonecos de neve.

Comecei a trabalhar com ilustração como caricaturista de jornal. Hoje, trabalho para diversas editoras do Brasil, ilustrando livros para crianças. Tenho mais de cem livros infantis e juvenis publicados como autor ou ilustrador.

Por meu trabalho recebi alguns prêmios, como o da Revista *Crescer*, o Glória Pondé, da Fundação Biblioteca Nacional, e o selo Altamente Recomendável, da FNLIJ. Fui ainda duas vezes finalista do Prêmio Jabuti.

Jean-Claude Alphen
